성연시인선

7

연꽃의 노래

도서출판 성연

| 시인의 말 |

어릴 때부터 혼자 놀기 좋아했다. 그래서인지 평소 상상을 즐겼으며 주변에서 꿈속에 산다는 소릴 자주 듣곤 했다. 천성적인 성격 때문일까. 거리를 걷다가도 시멘트 틈 사이에 피어난 민들레를 보면 그냥 지나치지 못하고 생명의 외경심 畏敬心에 독백을 일삼았다. 이런 마음과 생각이 지금의 나를 여기까지 이끌어 왔지 싶다.

지난 시절 삶의 굽이굽이에서 생각하고 고민했던 흔적을 작은 시집으로 엮는다는 것은 큰 영광이다. 내세울 바 없는 삶이었지만 내 자신의 역사를 더덜이 없이 남길 적바림이기에 한편으로는 자랑스럽고 뿌듯하다.

어린 시절 문학을 동경해왔었다. 하지만 나 자신이 문인이 된다는 것은 요원한 바람이라고 생각했었다. 뜻이 있는 곳에 길이 있다고 했던가. 버릴 수 없는 꿈을 향해 뚜벅뚜벅 걷다 보니 언제부터인가 글을 쓰는 처지가 되었다. 그렇게 세월이 흘러 그동안 진한 산통을 겪으며 가슴으로 빚어낸 시를 모아 시집을 발간한다는 사실이 믿기 않을 뿐 아니라 이 뿌듯함을 감출 수 없다.

혼자의 사색하는 시간을 즐겨야 시를 빚어낼 수 있다는 생각에서 앞으로도 그런 시간을 즐기면서 내면의 엉뚱하고 파격적인 생각도 내치지 않을 생각이다.

낮은 곳에서 고난을 이겨내며 피어난 들꽃을 보면 나를 닮은 것 같아 더욱 가까이 다가가고 싶어진다. 이제 그에 관한 짙은 향의 글을 써 보려고 다짐한다. 첫 시집을 내기까지 도움을 주신 많은 귀인들을 영원히 기억하며 여기에 보답

하기 위해서라도 끝없는 정진을 다짐 드린다. 아름다운 세상 연이 닿았던 모든 지인과 가족과 함께 첫 시집 출간을 자축하련다.

임인년壬寅年 초하初夏 청일淸日
황령산 기슭에서 방경희

자서 • 3

차례 • 4

1부. 봄을 파는 할머니

입춘의 길목에서 • 12

봄 내 안에 • 13

섬진강 그곳엔… • 14

나무 • 15

봄을 파는 할머니 • 15

2021년 봄 • 15

통도사 홍매 • 15

홍매의 유혹 • 15

민들레 • 15

건배 • 22

성묘 가는 길 • 23

협상 • 24

월급을 받으며 • 25

과적차량11호 • 26

불통보다 소 • 27

부부 • 28

유체이탈 • 29

명절 바닷가 • 30

가을 손님 • 31

위대한 몸 값 • 33

2부. 한 여름 밤

태풍의 잔해 • 36

기억 저 편 • 37

장미 공원에서 • 38

봄비에 • 39

디딤돌 • 40

희망 • 41

위안慰安 • 42

탄생 • 44

소나무 • 46

예술의 늪 • 47

낙엽 따라 가신 사돈 • 48

보이스 피싱 • 49

그 해 겨울 • 50

무지개 제비 • 52

한 여름 밤 • 54

내여 놓기 • 55

빈 둥지 • 56

잡초 뽑기 • 57

우마 울음 • 58

수행자 1 • 59

3 부. 소국의 반란

수행자 2 ● 62

메가 마트 매장에서 ● 63

맑음 ● 64

무당 ● 66

엉덩이 건축가 ● 67

사랑의 계절 ● 69

곱창 집 풍경 ● 70

봉정암1 ● 71

봉정암 2 ● 72

봉정암 3 ● 73

외출 ● 74

안녕 ● 75

공감 ● 76

성수 스님 ● 78

애도기간 ● 80

거리두기 ● 82

풀을 뜯으며 ● 83

겨울 방랑객 ● 85

소국의 반란 ● 87

철쭉 떨어지던 날 ● 88

4부. 얼음 새 꽃

주소 불명 • 92

순리 • 93

꿈을 깨우며 • 94

명절 보내기 • 96

바람 부는 날이면 • 98

멈춰버린 시간 • 100

널 기다리며 • 101

오해 • 102

길상사 • 104

너도 죽고 나도 죽고 • 106

마음 • 107

쉼 • 109

청보리밭 • 111

억울한 은행나무 • 112

갈등 • 114

자취생 • 116

얼음새꽃 • 117

어시장의 전시회 • 118

오월의 향 • 119

멸치의 꿈 • 120

노숙자의 봄 • 122

5부. 시집 평설

피사체를 재생시켜 주는 • 126
영상시

방경희 시인의 〈연꽃의 노래〉는 자연과 함께 계절의 아름다운 장면을 시라는 장르로 살려낸 '영상시'라고 할 수 있다. '영상시'는 그림이나 사진처럼 그때마다 포착해놓지 않으면 금방 안개처럼 사라지는 것이므로 시로 남겨두는 작업도 아주 소중한 의미가 있다.

시인은 낭송가로서도 왕성한 활동을 하고 있는 중이다. '영상시'는 시 낭송처럼 마치 독자들이 그곳에 가 있는 듯한 장면을 재생시켜 주는 느낌과 효과가 동시에 살아있다.

작은 조각이 완전한 새 개체로 생장하는 것에서부터 상처 입은 부위의 치유를 위해 표피 및 기타 조직들을 재생해내는 것처럼 마음속에 남아있는 트라우마를 치유해내고 다시 살아가게 해주는 복원의 효과가 탁월하다.

예박시원(문학평론가)**의 시집 평설**
〈피사체를 재생시켜 주는 영상시〉 중에서

| 1부 |

봄을 파는 할머니

01 | 입춘의 길목에서

02 | 봄 내 안에

03 | 섬진강 그 곳엔...

04 | 나무

05 | 봄을 파는 할머니

06 | 2021년 봄

07 | 통도사 홍매

08 | 홍매의 유혹

09 | 민들레

10 | 건배

11 | 성묘 가는 길

12 | 협상

13 | 월급을 받으며

14 | 과적차량 11호

15 | 불통보다 소통

16 | 부부

17 | 유체이탈

18 | 명절 바닷가

19 | 가을 손님

20 | 위대한 몸값

입춘의 길목에서

시샘하는 겨울의
거친 호흡에도
종달새의 날갯짓은
비발디의 사계를 연주하며
나뭇가지에 앉아
스타카토로 끊다
레카토로 이어가다
높고 낮은음으로 넘나 든다

봄비에
말갛게 씻긴
두 팔 벌린 생가지
도돌이표에
흥 돋아
종달이의 비상이 시작된다

봄 내 안에

코로나에 발목 잡힌 일상
입춘 지나자 탈출을 시도했다
짧은 봄 햇살에도
성급한 쑥이 얼굴을 내밀고
양지쪽 밭둑에는
냉이도 미소 짓고 있다
추위와 방역으로
자유롭지 못했던 나들이가
오랜만에 콧바람을 쐬니
나비처럼 나풀거렸다
봄 냄새나는 나물 뜯으며
몸에 햇볕을 바르고 왔다
집에 돌아오자
햇볕과 바람을 양념 삼아
나물 된장국을 끓였다
한 숟가락 먹으니
식도를 타고 넘는 나물 향기
2022년 봄, 내 안에 들어왔다.

섬진강 그 곳엔...

봄이 오는
야단법석 섬진강
오며 가며 점찍어 둔
매화나무가
팔 벌리고 바람을 맞는다
멀미로 비틀거리며
꼬부랑길을 넘는 난
버스 창문 밖으로
뒤집어진 배를
눈으로 일으켜 세웠다
부서져 내린 배 안의
섬진강 생명이 꼬물꼬물
걸어 나와 봄을 맞겠지

나무

겨우내 침묵하던
나무가
봄비에 산통으로 움틀 대었다
가지를 움켜쥐고
외마디 비명과 함께
갈라지는 나뭇가지
생명이
두 주먹 불끈 쥐고 터져 나온다
숨을 고르고 다시 시작되는
육신의 통증에 나무는 혼절했다
상처 남은 가지에
새벽빛 알리는 새소리 정신을 깨운다

봄을 파는 할머니

좌판에 한 소쿠리의
봄이 발걸음을 잡는다
한 소쿠리 봄을 팔아 쌈지에
주섬주섬 꼬깃꼬깃
봄 값을 챙기는 할머니 손길

검은 봉지에 담아와
참기름 휙 두르고
봄을 무쳐낸다

뽀오얀 쌀뜨물에
구수한 된장
봄을 담그고
한 수저 떠 넣는다
입안으로 봄이 확 피었다
할머닌 봄을 팔아
주머니가 불렸고
난 식탁에 봄맛을 챙겼다

2021년 봄

"에취"
기침을 하며
촉이 올라온 목련
마스크를 꺼내 쓴다
사람의 탄성에
잎을 가려야 하는
꽃도 수난이다.

통도사 홍매

홍매 목은
이른 봄
새벽 댓바람부터
진홍빛
립스틱 곱게 바르고
예불 나오실 스님
그림자만 지키고 선 순정
곱게 단장한 자태에
정작 반하는 건
상춘객들이더라

홍매의 유혹

바람결에
꽃소식이 들린다
삼동공원
홍매가
얼굴을 내밀었나 보다
한걸음에 달려가
꽃 속에
몸을 섞어 본다

홀리는 것은
여인만이 아니다
카메라를
유혹하는 홍매
향기 팔지 않아도
저 요염한 자태에
어찌 넘어가지 않으리

꽃바람
삼월의 짧은 해 넘어가도
넋을 빼앗긴 사람들
꽃나무 아래

발목 잡혀
귓갓길 잊어버렸나 보다

홍매, 넌 요부다.

민들레

아스팔트
틈새는
내가 사는 집이다
햇빛 겨우 들지만
노란 문패 걸고
나의
존재를 알린다

오가는 걸음에
아무리 밟혀도
굴하지 않고
세상의
종말이 와도
피고 또 피어나는
나는 민들레

건배

진달래에
술 한 잔 권하면
잎이
파랗게 변한다는 말
반신반의하며
부어주니
꽃이
술에 취했는지
한낮에
벌겋게 달아오른다
양지에 마주 앉아
건배해 본다
달아오른 얼굴
마주 보고 웃었다.

성묘 가는 길

이른 봄기운은
기차가 달린다
허허로운 들판을
망자와 만남을 위해 가는 중이다
여러 개의
암흑 터널을 지나치고
몇 개의
정거장을 지나치는 중이다
겨우살이 집 몇 채를 지나
가슴에 자리 잡은
그리움의 집
산자의 그리움 깊어지면
발길 절로 찾아드는
이승과 저승의 접속
국립현충원 묘지
수년 만에 불러 보는 …
사라진 이름

협상

꽃 향을 따라
따라갔더니
벌에겐 내가 불청객

왕벌이 나타나
종족이 다르다는 이유로
허락하지 않네요

생을 유지하기 위해
모기떼도
처절하게 덤비더군요

산다는 건
그런 건가 봐요
우리나
다를 게 없나 봐요

월급을 받으며

그대를 구속한 시간으로
가족은 비바람을 막았고
허기진 배를 불렀습니다

그대 인내심으로
얻은 것들은
아이들의 학교였으며
내가 마시는 커피였습니다

그대가 흘린 땀방울은
우리가 입은 옷이었고
구두였으며 가방이었습니다

그대의 셔츠를 다림질하며
고단한 그대 삶이 떠올라
울컥 가슴이 멨습니다

거름 없이 들어오는 월급이
무한희생의 결과라서
감사함에 눈물이 흘렀습니다.

과적차량11호

분명히 붉은 신호를 보냈을 텐데
무시하고
과적 차량으로 달렸더니 멈추어 섰다
과로 누적으로
소리가 막혔고
할아버지 해소 기침 소리가 났다

노란 수액 기름을 친다
관리하지 않고
함부로 하고 있었던걸
불편한 일상을 보내면서 알아갔다
미안해 심장을 쓰다듬어 주었다

가족들에게
큰 소리로 말하는데도
못 알아듣고 머라 고? 한다
부어오른 성대가
뻑뻑거리다가
수액을 맞고서야 소통한다

불통보다 소통

연말 내내 심하게 달렸더니
결국 몸살 난 새해를 맞았다
해는 분명 새해인데
몸은 골골거린다
편도가 탈나
식사도 수면도 모두가 불통
여기저기 몸뚱이가
세상살이만큼 삐걱거린다
며칠을 참아도 차도가 없어
결국 지원 군을 요청하고
침대 하나 차지해 누워 버렸다
혈관에 흘러드는 수액
욱신거리는 세상 밀치고
뻐근한 파장 몸에 전한다
정상적 소통에 주저앉은 몸뚱이는
허리가 돋고 무너졌던 하체가 살아난다
우리가 사는 세상
모로 가도 역시 불통보다 소통.

부부

두 손을 꼭 잡고
걸어가는 노부부
어설픈 걸음의 배우자를
데리고
낡은 배낭을 메고 걷는 남편
여자는 놓칠세라
종종걸음으로 따라간다
누구 한 명
잘 못 디디면 함께 넘어질
걸음걸이로
아내와 의지해 길을 걸어가고 있다
그 모습 한참을 바라다보며
난 지금 누굴 의지해 걷고 있을까
생각 중이다

유체이탈

하수구 위로
고꾸라진 술병
스멀스멀 올라오는
악취에
눈을 뜨는 취객
사람이
술을 마셨는지
술이
사람을 마셨는지
퀭한 눈빛
세상을 헤매고 있다
삶의 무게를 마셨을까
영혼을 도둑맞았을까
봄 햇살에
벌겋게 달아오른
진달래와
양지에
마주 앉아 졸고 있다

명절 바닷가

떨어져 가는
낙엽을 보며
무작정 걸었다
침묵의 시간
지루해
바다로 향했다
늦은 해는
바닷물에 올라타
윈드서핑 중이었다

흑진주 빛 여인이
물방울 튀며
물살 가른다
하늘을 올려다보며
벌거벗은
몸을
가을볕에 내 말리는 여인
또 한 번
물속으로 사라진다

가을 손님

집에 누가 왔는지
귀 기울여 따라가니
가을 손님
새로 이사를 왔나?

자기 집이라고 우기고 있는 건가
내가 이방인인가?
하는 생각도 얼핏 든다
살다 보면
길을 잃을 때도 있었다

여긴 아니야 하며
흔적이라도 보이면 데려다 놓고
싶은데
길 찾는 울음만 들린다
어쩌지?
잡아 밖으로 보내줄까
하다
혹 잡다 다리라도 부러뜨릴까
이런저런 고민 끝에 창을 열어 두었다

풀 한 포기 없는 거실에
아침나절 내내
길 찾는 소리로 가득하다
익숙한 가을 공기에
안심이 되었는지 조용해졌다

위대한 몸값

긴 장마에
녹지 않고 살아남은
푸릇하게 자란
위대한 너
생각해 보니
장마만 있었을까
가뭄이 들던 해도 있었지
그때 넌 키 작고 질겼고
그럴수록
너의 몸값은 금값이었어
깎지 않고 사야했어
그 가격에
너의
인내의 시간이 들어 있으니까

| 2부 |

한 여름 밤

01 | 태풍의 잔해

02 | 기억 저 편

03 | 장미 공원에서

04 | 봄비에

05 | 디딤돌

06 | 희망

07 | 위안 慰安

08 | 탄생

09 | 소나무

10 | 예술의 늪

11 | 낙엽 따라 가신 사돈

12 | 보이스 피싱

13 | 그 해 겨울

14 | 무지개 제비

15 | 한 여름 밤

16 | 내려놓기

17 | 빈 둥지

18 | 잡초 뽑기

19 | 우마 울음

20 | 수행자 1

태풍의 잔해

계곡 소리 우렁차고
공해를 내뱉은
들꽃은 밝은 얼굴이다
들풀은 바람에 맞서지 않고
할퀴는 대로 낮추어
뒷날 언제 그랬냐는 듯
일어서고 있다

쓰러뜨리는 네 맘
어디서 생겨나온 건지 모르지만
소멸할 때까지
숨죽이며
바람에 날려 온
씨앗 한 톨은
숨바꼭질 시작할 것이다.

기억 저 편

기억이 지워지는 것은
죽어가는 것이기도 하지만
순수해지기도 하나보다
계산하지 않는 삶은
복잡하지 않아
표정이 반짝였고
무의식 속에 남아 있는
습관은
과거 시간에 머물러
아가처럼 순수했다
기억 못 하는 게 행복한 일인지도
치매를 앓는 사람은
매 순간마다
새로운 만남이니까

장미 공원에서

정갈하고 청초한 넌
내게 싱그러운 향기로
유혹했고
향기에 취한
난 갈지자로 걸었지

널 품고도 여운이 남아
주위를 돌며
떠나지 못했던 난
훗날 꼭 다시 오마
다짐을 거듭하며
아쉬운 걸음 옮겼다

떠나와서도
너의 향기 찾는다
동그란 비 가득한
너에게 반해
내 심장 너에게 두고 왔다.

봄비에

하늘 새파래져 지린
오줌에
솜바지 벗어 던지는
구름
숲에 선
참새 떼 깃털 털고
개구리 뛰고
오리 떼
물속 발레 질이다
욕심껏 팔을 벌려
병졸을 내보내는
봄 나무들

디딤돌

내일이 없는
삶처럼
오늘을 불사르는
불나방 되어 날자

휘몰아치는 열정
모조리 불사르자
메아리치는 사랑
춤춘다

멈출 수 없는 사랑
자신을 위해서가
아닌
순리를 위해
사랑의
디딤돌 놓아가자

희망

사랑을 찾습니다
외로운 밤이면
달빛에 탁발하고
넉넉한 날은
강물에 나누어 봅니다
여린 싹 돋아나
햇살과도 같고 달빛 같은
얼굴이
내 마음을
차지해 버렸습니다
밤마다
정리해 놓은
머릿속에 날아와 앉았습니다

위안 慰安

쏟아질 듯
불화 산으로 끓어
뇌성을 뒤흔든다

독백에
그믐달 문 닫고
산림에
어둠 깊어지면
서러운 기억과
말 못 한 가슴
불길 잡다 보면
새벽빛 밝아 온다

꺽 꺽
울음 토해
괴로워했던 날
하나둘
차갑게 떨어졌다
눈물의 위로로
너덜너덜해진
심장을 달래본다

붙잡고 있는
이 공간에서

탄생

물안개 너머로
설렘을 품은
붉은 생명
어미의 심장에서
용트림하며 기다린다

어떤 표정일까
어떤 성격일까
숙명의 바람 타고
너도
그렇게 오는구나
고운 손
불끈 쥐고
어미의 손짓에
답하며
우주를 펼쳐 보이겠지
수년간
그리움 썼어 갈
조막손 요정
천상에서 날아온다
초롱 초한 눈망울

내가 살아 낸
동아줄 타고 빛이 내린다

소나무

거북이 무늬 새긴
세월
한 겹을 두르려
쩍쩍 터지며 견딘
인내
단비 받으려
뿌리 뻗쳐
날 짐승들에게
길 내고
터 내어
거목으로
그늘을 드리우기까지
침묵한 시간은
몸부림 같은 것

예술의 늪

일어났다
사라지는
상념들
저마다 결로
서걱대는 억새
홍학 날개
은빛 물고기
비상 꿈꾸고
물 위로 졸고 있는 나룻배
수양 버드나무
실바람은
나선형 따라
돌고 돌아 흐른다

낙엽 따라 가신 사돈

가시는 하얀 연꽃 길
보이지 않는 세계로
운전하셨는지요
어디를 가시려
쉬지 않고 달리셨는지요

하얀 나비 떼 날아오네요
검은 더듬이(위패) 앞세운 자리
보이시나요
손녀의 통곡 소리와
손주의 숨소리 느껴지나요

119로 손 뻗은 채
차디찬 바다로 돌아가셨나요
같이 보낸
기장 앞바다
그 순간 기억하시려
그곳에 가신 건가요

보이스 피싱

수십 개의 가면
캐릭터
완벽하게
소화해내며
연기가 끝난 후엔
발신자 없는 번호

현실 대상인지
연극인지
구별을 해내어야 할
보이지 않는 행성

주의가 있어야
에너지 빼앗기지 않을 듯‥
문명이 정복한
사이버 행성
정신챙겨 살아가야 할 지구

그해 겨울

수많은 밤
담배 연기로 만들어진
동백꽃
매운 연기를 핑계 삼아
소리 죽여 울었을
아버지

새벽 뒷모습
시들 그렸고
눈빛에
다닥다닥 외로움
올망졸망 봉오리
슬픔으로
목에 걸린 가시였을 테다

사과 궤짝 전구
감싸 안고
혹독한 추위로
눈가 발갛게 물들며
긴 한숨 몰아쉴 때
주먹만 한 동백 천장에 피었다

떨어져 내렸다

무지개 제비

밥숟가락 놓자마자
들썩거리며
눈치는
안절부절이다
바람이
가슴을 훑지만
한두 해
격은 게 아니기에
태연한 척 눈 감는다

생각은
벌써부터
오색조명 아래
슬로우 슬로우 퀵퀵
스텝을
밟겠지만
가는 마음
얼마나 무거울까

인사가 반쯤
나왔을 때

현관문 닫히고
제비는 꼬리를 감췄다
반짝이 의상에
둘러싸인
무용과 교수

한여름 밤

두드리고 때리고
짓밟아라
그래야 한다면
엎드려 있을게

다듬잇돌로
흠씬 얻어맞아
풀 먹여 빳빳한
홑청으로
너의 고단함 덮어
숙면으로 지켜줄게

내려놓기

북을 쳐
가죽을 찢고 싶다
분노를 모아
북채 부러지도록
응어리
두들기고 싶다

빛을 잃은 눈
흐물거리는 육신
움켜쥘수록
아프다

내려놓으려
분노가
연민이 될 때까지
두들겨라

빈 둥지

자식의 고통
주파수로
천 리 밖에서도
전해져 온다

후들거리는 몸으로
빈 둥지 들고
올 수밖에 없었을 너

그 어미에 어미는
억장이 무너져 내린다

품지 못한 생명
어미 몸 타고
뜨거운
국그릇으로 떨어진다

늙은 어미
숨소리 죽여
하늘
바라보며 눈물 삼킨다

잡초 뽑기

풀을 뽑다 보면
갈등, 고민
쑥쑥
뿌리 채 뽑혀 나가요

잡초를 뽑으며
공간 가꾸는 건
취해서가 아닌
놓아 버려서
단정해지는 마음

풀꽃 까만 씨
나를 보고 웃어요
참! 예쁘네요

우마 울음

둥둥둥
전방에 퍼지는 소리

한쪽으론 소가
한쪽에선 말이

가죽(皮) 되어
북으로 전하는
생의 소리

우릴 누가 멸했다 할 건가요

수행자 1

돋보기와
빛바랜 회색 저고리
붉은 가사와 찻잔과
퇴색된 원고지

화엄경, 무소유, 맑고 향기롭게,
홀로 사는 즐거움
아름다운 마무리로
중생에게 던진 화두셨을까

나무 이름표
흔적에
절 올리고
낡은 의자 만지니
삐그덕대며
해소 기침 소리 들끓고 있다

| 3부 |

소국의 반란

01 | 수행자 2

02 | 메가 마트 매장에서

03 | 맑음

04 | 무당

05 | 엉덩이 건축가

06 | 사랑의 계절

07 | 곱창 집 풍경

08 | 봉정암 1

09 | 봉정암 2

10 | 봉정암 3

11 | 외출

12 | 안녕

13 | 공감

14 | 성수 스님

15 | 애도 기간

16 | 거리두기

17 | 풀을 뜯으며

18 | 겨울 방랑객

19 | 소국의 반란

20 | 철쭉 떨어지던 날

수행자 2

돌아오지 못하는 님
시 한 줄 간직하며
살아온 순정

무소유의
합작품에 경배를 올렸다

스님의 나무 팻말 호와
대원각의 길상화 공덕비

수도자와 기생은
사후에서도
무주사에 보시하시는지

메가 마트 매장에서

호박과 수박이 눈이 맞고
고추와 피망이
아삭이를 낳았단다

가자미 물고기
눈을 뒤집어 보고
오징어는 손가락질해대며
수군거리고
매생이는 머릴 풀어헤치고
달려든다

맑음

길을 걷는
비구에게
향기가 났다
눈이 시릴 만큼
단아한 모습
가던 길
멈추고 바라보았다

눈동자는 차분했고
참새 떼
가득한 절 마당
지그시 바라보다
미소가 퍼지는
순간

잠들어 있던
설렘 깨어나
숨이 멎었다
조각 외모에
여인의 마음으로 본 것일까

경전을 두른 듯
몸짓의 비구에게
넋을 놓고 왔다

무당

노란 부채
쫙~악 악
펼치니 횡재수다

호오이 호오이
바람 불자
복채가 쌓인 곳으로
점괘가 딱 떨어진다

사방에 떨어진 횡재
양손
가득 담아 바쁘게 흔든다

요령 소리 들려온다
밝은 눈
손 바쁘고
발길 바쁜 사람에게
알려주는 방편

은행 털고
택시를 타지 말란다

구리디 구려
쫓겨난다고

엉덩이 건축가

분주한 몸동작
특수 섬유 조직으로
하나 둘
기초를 다지다
나선으로 바꾸는
유연성 가진 실
외부 힘에
부서지면
방사 실로 떠가는
친환경 소재

제목은 생존

이완성을 자랑하는
건축물
물방울 넣은
화려한 작품도 선보였다
정원에 사는
잠자리, 파리, 사마귀
기웃거린다

사랑의 계절

민들레꽃 위
나비 한 마리
봄볕으로 날아올랐다
달려가
숨을 가다듬고
식물 생식기 붙들고
은밀한 시간 엿보는
불청객 돼버렸다
야동을 본 것 같아
참았던 숨
훅 불자
출산 중인 민들레

곱창집 풍경

굶주린 눈빛
쪼그라든 내장
문현동 곱창 골목길
밤하늘까지 뿌옇다.
불판 위
뒤틀리는
돼지 곱창 얻기 위해
온종일
공사 현장서
내장 빼 던졌다가
다시 채워가는 내장
포만감이 들 때쯤
눈빛 온순해지며
홀짝 들이키며
참 이슬 한 잔에
위로받는 중

봉정암 1

꽃에 땀 냄새 풍길까
입었던 옷가지
꽁꽁 싸매
들꽃이 가리키는 길
걷다
계곡에 발 담그면
송사리 때 몰려와
톡톡 건드려 본다
물소리 들리는
다리 건너고
구름으로
한 단 두 단 쌓은
디딤돌
진신 사리탑으로
깔딱깔딱
눈썹 떼어 놓고 간다

봉정암 2

준비해 간
옥수수 알갱이
나무 사이로
한알 두알
보물찾기로 감추고
횡재한 다람쥐
앞발 비비며
일용할 양식의
감사기도 드리겠지

봉정암 3

설악산으로
마른미역 담아
바다 옮기는 중이다
산비둘기 내려와
꼬박꼬박
절하고
까치 떼
금강경 구절에
깨달음이라도 얻은 건지
합창 요란스럽다

외출

아이라인 짙게
그리고
만족해하며 모임 갔다
사람들과 어울려
바닷가에
뜀뛰기
거울을 보는데
아뿔싸
광대가 있다
파도와 춤출 때
액상 아이라인이 번져
팬다 눈
마스크 벗으니
붉은 물 번져
휴지 뽑아
사람들 얼굴 지운다

안녕

긴 장마에
잠시 나온 해 반가워
빨랫줄에 옷 널어주니
집게가 바람 따라
회전목마로 오르내리며
춤추는 옷가지

기분 좋아진
빨래집게
소리치려다 입 다문다
굵은 빗방울
심통에
후다닥 걷어 가며
양말 한쪽 흘렸다

둘만의 시간 접어 가다
양말 행방 찾아 나선다

공감

베이지색 여름 점퍼
의자에 걸친 채
파킨슨병 앓고 있는
장애인과
순댓국집에 마주 앉아
토론하는 남자
내게는
아, 어, 아 로 들렸다

맞은 편
남자는 척척 알아듣는지
활짝 웃고
빈 소주병 3병째
식탁 위로 올라와 있다
말 한마디도
비틀며 전하는 장애인
금니를 반짝이며
연신 소리 내어 웃었고

남자는
"많이 무라 알았제"

권하며
얼큰하게 한 잔
그들 소통에
덩달아 웃고 있는 나

성수 스님

속세가 싫다고
뿌리치며
머리 깎고 떠난 지
사 십여 년
정처 없이 떠돌다
하얗고 긴 백발의
노 구승
이승을
하직하고서야
숨바꼭질 멈추었다

함께 한 도반은
연고자에게
인수인계한단다
동사무소에
뛰어가
자초지종 말하고서야
부처님
등 뒤로 숨어
숨바꼭질했던
스님은

술래잡기 누나
품에 안겨
통곡 소리
자장가로 가는 길

걸망의 떠돌이 삶
훨훨
벗어 던지고
이승의 재산은
염불 소리
조카사위가
백중날 써 둔
금강경을 이불로
지수화 풍으로
부처님 말씀 따라가는 길
나무 관세음보살

애도기간

십 년째 키우던
금붕어
운명을 달리했다
십 년 전
이곳으로
이사 올 때 함께 온
가족인데
수명이 다한 건지
관심이 부족한 건지
먹이 주려 보니
황천길 떠났다

물의 온도 올라가
죽은 걸까
이런 저런 생각에
맘이 무거워
남은 하얀색 금붕어
사료를 주어도
가만히 있기만 한다

세 마리 있을 땐

활기찼는데
이틀 째 신경이 쓰여
건드려 보았다
상복 입은 금붕어
지금은 애도 기간인가 보다

거리두기

세월의 자만심은
옹이를 들여앉혔고
상처 부위 시멘트로 덧칠했다

부린 욕심 되물어 치며
뜨거운 눈물로
새살 차오르려 발버둥 쳤다

매년 마다 고난을 거치며
이순을 살아 낸 배짱
상처 입은 고목이
유연하게 대처하는 건
피하는 것이었어

곁가지 가까워질수록
거리를 두어야 했던거야
간격의 여백은
평온하게 흐르기에...

풀을 뜯으며

내가 그럴 자격이 있을까
타인의 영역에 들어서면
가차 없이 뽑히는데
난 과연 내 길만 갔을까

내 자리가 아님을
탐낸 적은 없었나
분수에 맞지 않는
옷을 걸치진 않았었나

올라오지 않는
상추씨 때문에
상추밭에 난 토끼풀
이익을 주지 않는다는
이유로 뽑아 던졌다

잡초에게
영양분 빼앗기지 않기 위해
뽑아내며 드는 생각은
지구 입장에서 우리가 잡초인걸
쓰레기

배출해 내는 잡초가 아닐까

겨울 방랑객

처마 끝 풍경 흔들며
거친 숨소리 보내왔다
문 걸어 잠갔지만
작은 틈 사이 파고들며
공격하는
떠돌이에게
무례함의
사과는 바라지도 않는다

유령처럼 떠돌며
비명 지르는
관절 마디가
혼절토록
일방적으로 퍼붓는
혹한에
기운 빼앗겨 주저앉았다

너의 사나움
견디며 지나가야
춘풍 만날 수 있기에
구들목을 짊어진 채

겨울잠 잔다
밖에 선
시기 질투로 아우성이다

소국의 반란

담벼락 틈새로 핀 국화
들여다보며 말을 걸었다
샐쭉 삐쳐서 고개 흔든다

"나한테 불만 있니?"
"왜 나 물 안 줘" 한다
"간간히 비가 왔었잖아"
"목마르지 않은 줄 알았어"
중얼거렸다
"보랏빛 옷도 입었구만"

미안한 마음에
호수 꺼내
발이 잠길 만큼
마음 전했더니
뾰로통한 표정
활짝 피어나며
웃음 똑똑 떨어진다

철쭉 떨어지던 날

밤사이 다녀간
비에
정원에 아이들
옹기종기 모여
흘려 놓은
깊게 팬
연분홍 보조개가 뒹군다

얼었던 땅은
지난겨울 얘기 들고나왔다
이웃집
하수구 스며들어
발을 뻗을 수가 없었다고
엎친 데 덮친 격으로
땅속에 묻힌
정화조 넘치는 바람에
자신의 향기를 잃었다고

한탄을 해대며
고개를 떨구다
발갛게 성질부리다

옐로카드를 던졌다며
땅은
짙은 다크서클로 덮여 갔다

뿌릴 보호 해야 했던
철쭉
지난밤 비에 생기 돌아
숨소리 거칠어지며
초록 잎 사이로
연분홍 웃음 실실 흘리고 있다

| 4부 |

얼음새 꽃

01 | 주소 불명

02 | 순리

03 | 꿈을 깨우며

04 | 명절 보내기

05 | 바람 부는 날이면

06 | 멈춰버린 시간

07 | 널 기다리며

08 | 오해

09 | 길상사

10 | 너도 중고 나도 죽고

11 | 마음

12 | 쉼

13 | 청 보리밭

14 | 억울한 은행나무

15 | 갈등

16 | 자취생

17 | 얼음새꽃

18 | 어시장의 전시회

19 | 오월의 향

20 | 멸치의 꿈

21 | 노숙자의 봄

주소 불명

툇마루에 낮잠 자던 할머니
주름진 입가에 파리가
떼로 모여 빌던 여름날

수십 마리 기도에도
미동조차 안 하던
할머닌 삼일 뒤 세상을 버렸다

울음소리 배웅으로
관이 나가는 날

할머니 친구는
고인의 밥그릇을 던져 깨버렸다

맞추지 못할 조각으로
이승과 저승을 분별하셨던 걸까

그릇이 던진 경계는 어딜까

순리

아! 하늘아
네가 그동안 참았다 터트리니
네 속 해갈 되겠구나
그래 너 한 번 울면
꽃 웃음 주니
그 또한 선이 아닐까?
며칠 운다면
그 또한 병이 들 터
잔뜩 찌푸린 마음 풀어 두고
다시 맑아야
그 또한 선이지
바람이 가자고
재촉하면
따라나설 줄 아는
그 또한 선이지.
얽매이지 않고
부는 대로 흐르는 대로
멈추어서 섰다
가는 길
하늘 가는 길 선 인거야.

꿈을 깨우며

우린 별처럼 꿈
총총히 달고 살았어요
현실에서
하나씩 빛 잃어 갈 때
가슴도 쪼그라졌지요

자신감 바닥 치고
검은 구름 몰려와
눈앞을 덮쳐도
새싹 한 포기
외면하지 않았어요

지저귀는 새소리에
힘을 얻고
흙을 일구는
지렁이의 몸짓에서
숭고함 알았어요
많은 걸 스쳐 지나가는
우리들
얼마나 더 많은걸
우린 필요로 할까요

기억조차 나지 않는
혼돈의 시간에
육십이 넘도록
지탱해 준 많은 것들
자식의 미소가 그러했고
남편의 잔소리가 아닐까요

꿈을 다 탕진하고
감성이 피폐할 때
지면 위의
시 한 자락에 다시 일어나요

바닷가 몽돌에서
닳고 닳은
유연함과 매끄러움 닮고자
납덩이처럼 무거운
감성을 끄집어내요
생은 타는 불꽃이기에 ...

명절 보내기

뱃살은 인격인지를 외치며
튀김을 한다
이번 설 만큼은
튀김을 입에 대지도 않으리라
다짐하며 고구마를 먼저 튀겼다
노릇노릇 펄펄 끓는
기름에서 튀겨져 올라온다
젓가락으로 폭 쑤시니
쏘옥 들어갔다
알맞게 잘 익었다는 신호다
하얀 문종이를 받친
소쿠리에 가지런히 부어놓고
쥐포를 튀긴다
손주의 간식이다

바삭바삭
젓가락의 촉감이 예사롭지 않다
쇠로 된 어레미로 건져내고
이번엔 새우다
기름에 착지하는 순간부터
소리부터 쫘르르 다르다

도저히 못 참겠다
간 본다는 핑계로 먹어 보았다
고소함과 바싹함이 혀를 농락했다
제수용을 준비해 담아 두고
호박전과 동그랑땡, 꼬지 전煎을 붙여
자투리로 못생긴 조각을
몇 개 집어 먹으며
내일부터 다이어트하지 뭐
지금 명절이니까
자투리 유혹에 진 순간
더덕더덕 자투리 살이 들러붙었다

바람 부는 날이면

봄을 시샘하는
강풍 찾아와
패악을 부리며
닦달하니
마음이 싱숭생숭하다

나가볼까
샤워하고
거울 앞에 앉아
형상에 소스라치게 놀란다
고랑 사이로
소복이 올라온
빛바랜 머리칼

철없이 날뛰는
봄바람도
서리가 앉아도
요동치는
마음도 매한가지

세월을 인지한

다리만
침묵으로 일관한다

마음을 뒤흔드는
소리에
가슴 벌렁거리고
밖에선
봄 마중 가자고 아우성이다

멈춰버린 시간

운동장에
혼자 펄럭이는 국기
담장의 매화는
아이들 얼굴을 대신해 웃고 있다
시계는 일 초씩 걸어가
몇백 바퀴를 돌아도
아이들은 오질 않았다
닫힌 창문엔 아이들 소리 멎은 채
정적만 흐르고
햇살이 내려와 길게 누워 있다
운동장에 찍힌 발자국은
몇 달째 화석으로 찍혀 있고
와 아아~ 함성 소리와
공을 차며
내지르는 포효가 그리운 시간
신종 바이러스 코로나 19 데려간
침묵의 시간에 서 있다

널 기다리며

한 시 반에서
세 시 반까지
네가 다녀가는 길목
자리 잡고 기다리니
그가 오는지 환해진다
하던 일 접고
맞이해
몸과 마음을 허락했다
손길이 따스하다
사랑을 주면서도
내일 올 것을 기약하지 않고
침묵한다
왜 지금에야 느꼈을까
늘 곁에 있는데
손발이 오그라들도록
추운 날 만 아쉬운 줄 알았다
때론 불같은 사랑을 피해
도망치던 시간도 있었다
그러다 오지 않는 날
우산을 챙겨 들고
차 한 잔 마시며 긴 시간을 보낸다

오해

밤사이
심장에 불을 붙여
말을
다 태워 버렸다
한 마디
두 마디 타들어 갈 때
메케한 눈물이 흘러
앙금으로 가라앉는다
귓속에
이명처럼 울리던
메아리도 함께 사라졌다
행위로 인해
태어난 말은
귓속에서
굴러다니는 돌덩이다

할 말을
들여다 보다
쓰다듬고 토닥이다
밤 꼬박 새울 일
없어졌다

달콤한 잠을 청해 볼 요량이다
외부에서 들려오는
소리가
간혹
빠져나가지 못해
미로를
떠돌며 헤맬 때도 있었다

길상사

메아리 울리는
소리에
귀를 기울이니
불기 2564년
노래가 들린다
한두 소절 따라 부르다
알 듯 모를 듯 한
감동이
얼굴을 타고 흐른다
그리움
소복하게 안고 기다린
사랑꾼의 얘기

가무 행위가
이루어졌던
요정은
금강경으로 흐르며
덩그러니 놓인
해소 끓는 나무 의자와
앞마당은
이름을 알 수 없는

꽃향기가 객을 맞는다
두꺼운 돋보기와 가사 적삼
찻잔
소박한 살림의
흔적이 무소유라고...

너도 죽고 나도 죽고

벌과 꽃의
사랑은
아직
끝나지 않았는데
상춘객들이
모둠 모둠 앉은자리
두려움의 자리
꽃이
피는지 지는지
눈마저 감아야 할
봄
아 어쩌란말인가
생명의
봄은 왔는데
죽음의 바이러스
꽃은 피어나니
공포 영화의
한 장면이라면
눈
질끈 감고 뜨지 않고 싶다
누가 만들어둔 형벌일까

마음

날뛰는 심장 달래며
화장한다.
산과 들
우릴 부른다
밖으로만 향했던
시선을 거두어
사랑해야 할 것이
넘치는데
관심이 필요하단다
사회적 거리 고민하다
꽃에 가기로 했다

한 송이 꽃이 고 싶어
곱게 화장한다
가지고 올 바이러스도
걱정 안 하는 듯
반기는 걸 보면
자연에게
타인의 향기를 맡고
겸손을 배우고
자신만의 자긍심을

꽃에 배우러 간다

거름 밭이든
메마른 시멘트 사이든
척박한 환경이든
자신만의 고매한 꽃을 피워내며
열매 뿌리 내리고 있는데
아름다운 세상
배우러 꽃에 달려간다

쉼

매몰찬 비바람에
나무가 뿌리째 뽑혀 나가
바다에 표류하다
통영 바닷가 고기잡이 배에 걸렸다

고향 향해 눈물짓다
독한 물 들여 붓고
비틀거리며
비명을 내질렀겠지

혈관을 타고 흐르는
푸르무레한 입술은 지나온 상처
저당 잡힌 삶에
간은 침묵하고
신장은 화를 내고
혈관은 멈추어
심장만 미약하게 헐떡였을 것이다

객지에서
엄지손가락으로
가족을 찾아 왔지만

누구 하나 서러워 못할 음지에
시들어
발기발기 찢어 해부하니
생의 찌듦만
恨처럼 옭아매진
검버섯 몸뚱이
화장하는 동안 분노가 타올랐다
어둠에 헐떡이는
널 봄볕에 내어
너럭바위에 널어 두었더라면…
곁가지는
고통스러운 울음으로 널 보낸다
싹싹 빌어도 아니 온다 말하며
번지수 없는 가묘에 묻혀 우릴 찾았다.

청 보리밭

키 재기를 하며
침 송송 세워
참새 떼의 입놀림을 피한다
바람은
허언을 지절거리며
여물기를 돕겠다고
꼬드기며
달콤한 약속에
영혼까지 털려 버린 청보리
모든 것을 바람에 맡겨 버린다
오수 즐기던
잎 새달
허수아비 목에 걸린
빈 깡통
소리에 눈을 뜬다
울리는
풍악 소리에
푸른 들판이 일렁거리며
풍요로운 내일을 기약한다.

억울한 은행나무

무성한 소문에 시달리던
범어사 은행 고목
잎 한 잎 두 잎 뿌려둔
해명으로 가득하다
가을의 손이라도 잡아 보고
염문이 돌았다면
억울하지도 않건만
가지 끝에
바람도 스치지 않았건만
산사에 퍼진
무성한 소리에
기가 찰 노릇이라며
기도 소리만
사찰 내 가득 퍼진다

만추를 즐긴 탓이더라
가을을
마음에 담은 탓이며
수줍어
고개도 못 든 탓이며
텔레파시를

보낸 탓이며
그 곁에서
서성거린 탓은
입소문으로 퍼져
북적이며 몰려든 기자들은
뭇 소문을
대서특필의 특종을 잡으려
카메라 플래시를 터트린다
맞은 편 붉은 단풍의 손가락이
은행의 해명을 주었다
둘은 서로를 토닥인다
내가 증인이야
우린 가을을 즐겼을 뿐이라고

갈등

난 오른쪽으로
그대는 왼쪽으로
서로 다른 성향으로
자기식을
고집하며 뻗쳐 올라간
등나무와 칡 나무 같던
우리
사소한 일상까지
서로 옥죄이며
한숨 소리 드높였지요
서로 옳다고 고집하며
다투지 않다 보니
갈등이
뿌리만큼 두꺼워져
풀기조차 힘들었던
시간을
포용하는 달작 지근한
뿌리로
고집스러운 마음 풀어
등나무는 오월에
칡 나무는 팔월에

서로 양보하며 꽃 피웠다

자취생

오염된 곳을 밟았을까
움츠러들며
고개 꺾인 생명체
생태계가 싫다고
훌쩍 떠나 버린 너
인공생태 공간에서
너의 고단함과
피로를 풀 수 있는
생명의 구멍
하나쯤 찾았을까
비밀의 억새밭도
저들만의
정화시설 있었을 거야
바람이 헤쳐 놓아준
길로
햇살이 다녀갔을 테니까
눅눅함이 베여도
더러움에 물들지 않는
고운 연꽃 한 송이
소생시켜 가는 거야
세상은 생태습지
깨달음으로 정화해 가는 거지

얼음 새 꽃

깜박
겨울잠에서 깨어난 꽃
덮고 잔
하얀 이불이 축축하다
바람이 슬며시
들추자

고개 숙인
수줍은 생명
기지개를 켜며
봄 산 찾는 걸음에
숨죽이며
마르지도 않는
이불 속으로 들어갔다

한 발 한 발
봄 디뎌 올 때
얼음 새 꽃
움찔움찔 놀라는
새가슴이다

어장의 전시회

비릿한 별에서 온
생명체
등 푸른 옷에
빨간 눈
쩍 벌린 입은
사후세계를 전시 중

갈고리에 걸려
굳어버린 혈관
해풍의 바지랑대에
가죽 말라
선택받은
손가락 따라
끓는 기름 속으로
가는 길
"풍덩"
잔잔히 부서져 바다로 가고 있다

오월의 향

꼬꼬지 늘 솔 길에
향기
입안 가득 번져오던
옛 살 비 오월

가위바위보로
하나씩 떨구며
단 미의 머리를 말아 주던
줄기는
띠앗머리였다

하얀색 가득 나르샤
라온제나였지
머리 센
오월도 온새미로다

멸치의 꿈

허공을 날아오르는
멸치
생의
마지막 여행 중이다
하늘로 오르고
싶은 꿈
어부들의
힘을 빌려 이루려는 중이다

어어 히 어어 히
승천하려는 멸치
응원가를 불러주는
어부
손에 잡힐 듯한
하늘인데
지구 중력이 야속하다

아무리 애를 써도
점점
멀어지는
꿈이 야속하다

멸치,
가슴 속 깊이
비상의
꿈을 품은 채
*인드라망 위에
잠이 든다.

　　* 잉드라망(indrajāla) : 불교의 욕계欲界에 속한 천신天神들의 왕인
인드라, 즉 제석천이 머무는 궁전 위에 끝없이 펼쳐진 그물을 말한다.

노숙자의 봄

벗나무 아래
누운 한 남자
공자님을 만나고 있다
긴 털옷을 둘둘 말아
머리에 베고
흐드러진 벗꽃을
이불 삼아
하늘 천 따지 공자 왈 맹자 왈
낡은 양말은
땅바닥에 뒹굴고
숨소리 따라
긴 수염 나풀거려도
남자는 미동도 없다
봄바람에
벗나무가 자지러지더니
나풀나풀
꽃잎이 얼굴에 앉는다
숨죽인
눈길로 바라보는데
발가락 꼬물거리더니
부스스

눈뜨며 두리번거린다
의자 아래에 두었던
라면 두 봉지의
안위를 살피더니
다시 눈을 감고
열공에 들어가고
그의 발가락 모양은
벚꽃 잎을 닮아 있었다.

피사체를 재생시켜 주는 영상시

피사체를 재생시켜 주는 영상시

문학평론가(시인, 소설가) | 예박시원

[들어가며]

방경희 시인의 〈연꽃의 노래〉는 자연과 함께 계절의 아름다운 장면을 시라는 장르로 살려낸 '영상시'라고 할 수 있다. '영상시'는 그림이나 사진처럼 그때마다 포착해 놓지 않으면 금방 안개처럼 사라지는 것이므로 시로 남겨두는 작업도 아주 소중한 의미가 있다.

시인은 낭송가로서도 왕성한 활동을 하고 있다. '영상시'는 시 낭송처럼 마치 독자들이 그곳에 가 있는 듯한 장면을 재생시켜 주는 느낌과 효과가 동시에 살아있다.

작은 조각이 완전한 새 개체로 생장生長하는 것에서부터 상처 입은 부위의 치유를 위해 표피 및 기타 조직들을 재생해내는 것처럼 마음속에 남아있는 트라우마를 치유해내고 다시 살아가게 해주는 복원의 효과가 탁월하다.

그것은 하등동물에서 고등동물들까지 기본 성질을 잃고 상처 입은 부위의 치유를 위해. 신속한 생장을 재개하고 세포증식을 하며 조직이 충분히 만들어지면 손실된 부분을 대체하게 되는 것과 같은 원리이다.

형이상학이니 형이하학이니 하는 표현을 굳이 갖다 붙이지 않아도 방경희 시인의 시는 영혼을 불러내는 심

령술사처럼 마음을 치유하는 심리효과가 탁월하다고 하겠다.

우리는 일상에서 인류가 만들어낸 테크놀로지가 오히려 인간성을 말살하고 파괴시키는 현상들을 종종 보게 된다. 아이러니하게도 물질이 정신을 지배하느냐 아니냐는 이제 아무런 의미가 없는 시절이 돼버렸다.

하지만, 상처받은 영혼의 치유는 결국 자연과 함께 정신의 힘이 작용하는 원리가 적용된다. 그래서 어려울수록 기본으로 돌아가고 인간은 결국 시원始原으로 돌아가게 돼 있다고 하는 것이다.

상상을 현실로 하는 것은 얼마나 그것을 미래에서 현재로 끌어당기느냐 하는 에너지의 원리라고 할 수 있다. 시의 세계에서 유토피아인 '시토피아'의 건설은 모든 지구촌 시인들의 공통적인 과제라고 할 수 있다.

그것은 상상의 세계가 아닌 현실 가능한 노력의 산물이기 때문이다. 시인들이 독자들과 얼마나 공감대를 형성하고 감동을 주느냐에 따라서 '시토피아'는 동북아 중심인 한국이 될 수도 있고 또 다른 제3국이 될 수도 있다.

여기서 먼 미래의 '시토피아'를 일찌감치 애 저녁에 자신의 안방과 서재로 가져오고 우리네 주변 일상으로 끌어당겨 '연꽃의 노래'로 한 다발 묶어 내놓고 있다. 그의 '시토피아' 세계에 경의를 표하며 아름다운 마음의 정원으로 함께 들어가 본다.

시샘하는 겨울의
거친 호흡에도

종달새의 날갯짓은
비발디의 사계를 연주하며
나뭇가지에 앉아
스타카토로 끊다
레가토로 이어가다
높고 낮은음으로 넘나든다

봄비에
말갛게 씻긴
두 팔 벌린 생가지
도돌이표에
흥 돋아
종달이의 비상이 시작된다

『입춘의 길목에서』 전문

　　봄은 언제나 기다림과 희망의 설렘을 가지고 있지만
해마다 돌아오는 사이클의 순환에 따라 잠시 스쳐 지나가며
아쉬움을 남긴다. 찰나의 순간뿐인 봄에도 우리는 너무나
화려한 기대감을 가지고 있다. 아울러 그에 부응하듯 봄은
어김없이 만물을 소생시키며 생기를 드러내 준다.
　　'겨울의 거친 호흡' 뒤 찾아온 '종달새의 날갯짓'은
사랑의 레가토legato와 스타카토staccato처럼 겨울과 여름의
끊어진 계절 사이에서 부드럽게 이어주는 가교 역할을
해주는 봄의 몸 풀기와 같다. 계절이 바뀌면서 새봄新春
으로 표현하는 것도 겨울이 묻혀놓은 더께와 얼룩을 말

갛게 씻어내 주며 갓 세수한 얼굴처럼 시작하기 때문이다.

입춘의 길목은 새로운 시작임과 동시에 물레방아의 수차水車나 뫼비우스의 띠처럼 끝없이 반복되는 순환의 연속이지만. 여름과 겨울의 사이를 이어주는 레가토legato처럼 휴식과 시작 사이에서 새로운 에너지를 생성시켜주는 충전기 역할을 잘 수행해 주고 있다. 레가토의 역할은 끊지 않고 부드럽게 이어주는 것이다.

"

좌판에 한 소쿠리의
봄이 발걸음을 잡는다
한소쿠리 봄을 팔아 쌈지에
주섬주섬 꼬깃꼬깃
봄 값을 챙기는 할머니 손길

검은 봉지에 담아와
참기름 휙 두르고
봄을 무쳐낸다

뽀오얀 쌀뜨물에
구수한 된장
봄을 담그고
한 수저 떠 넣는다
입안으로 봄이 확 피었다

할머닌 봄을 팔아

주머니가 불러졌고

난 식탁에 봄맛을 챙겼다

『봄을 파는 할머니』전문

"

가족의 사랑엔 내리사랑과 치사랑 이란 게 있지만, 이웃을 대할 때 개인의 세계관이 다르면 주변을 바라보는 시선도 다양하게 마련이다. 좌판에 봄나물을 담아 봄을 한 소쿠리 파는 할머니의 모습에서 방경희 시인은 고향집 어머니를 떠올리며 봄을 맞는 마음이 한껏 더 들떠있다. 셈을 하고 봄 값을 챙기는 할머니의 설렘과 봄을 챙긴 시인의 마음이 이심전심以心傳心이다.

시장에서 오고 가는 거래엔 검은 비닐봉지가 자주 사용되기도 한다. 그 검은 비닐봉지엔 도대체 뭐가 들어있는지는 보는 이들은 알 수가 없고 거래행위를 한 당사자들만 알 수 있다. 주고받은 결과물인 비닐봉지를 들고 나서는 동안 두 사람의 손길이 오고 간 흐뭇함이 가득 따라다닌다.

3연 '할머닌 봄을 팔아/주머니가 불러졌고/난 식탁에 봄맛을 챙겼다' 일상에서 흔히 일어나는 단순한 행위 하나를 살펴봐도, 시인의 시선은 좌판을 펼친 할머니를 통해 고향 어머니를 떠올리며 대상을 동일시하는 마음이 애틋하게 다가온다.

봄의 계절엔 벚꽃이 온통 흩뿌려진 뒤에야 봄이 가는 아쉬움을 느낄 수 있고 호박꽃이 뭉텅 떨어진 다음에야 된장찌개의 맛을 살리는 복덩이를 알 수 있는 법이다. 화려할 땐 그 누구도 소중함을 모르듯이 일상의 흔한 것도 사라지게 되면 아쉽게 된다. 아득한 봄날 금방 사라질지도 모를 단순한 행복을 방경희 시인은 아주 오랫동안 꽁꽁 붙들어놓고 있다.

"

"엣취"
기침을 하며
촉이 올라온 목련
마스크를 꺼내 쓴다
사람의 탄성에
잎을 가려야 하는
꽃도 수난이다.

『2021년 봄』 전문

"

    계절의 순환에 따라 어김없이 찾아온 2021년의 봄이지만 인간에겐 실종된 봄이었다. 세계 경제공황과 함께 엎친 데 덮친 격으로 찾아온 코로나19(COVID-19) 는 경악할 수준으로 모든 인류를 위축시켰다. 〈21년의 봄〉 시에서는 관성적으로 올라온 봄꽃 목련이 놀라는 장면으로 시작해 꽃도 사람들처럼 수난을 겪는다고 의인화시키고 있다.

    많은 이들이 "이것 또한 지나가리라"며 끈질긴 인내력을 발휘했지만 코로나19(COVID-19)는 우리의 봄을 세 번씩이나 실종시켜버렸다. 거기다가 2022년 봄엔 러시아가 평화롭게 살아가는 이웃나라 우크라이나를 침공해서 피아간에 민간인들까지 포함하여 많은 사상자를 내고,

지구촌 전체를 극심한 공포와 경제 불황의 늪에 빠트리며 또 한 번 몸서리치게 만들었다.

〈2021년 봄〉 시에서 화자는 "엣취" 기침을 하며 촉이 올라온 목련이 어쩌면 인간들보다 더 촉이 발달하여 미리 마스크를 꺼내 쓴다는 표현을 하고 있다. "이것 또한 지나가리라"는 인간들보다 오히려 자연의 식물들이 더 느긋했을 수도 있다. 인간들에겐 현실 속에서 생존해가야 하는 과제가 남아있기 때문이다. 여기서 필요한 건 작품에서처럼 "엣취" 하고 지나가는 넉넉한 낙관주의라고 할 수 있는데 방경희 시인은 이미 그것을 터득하고 있다.

"

진달래에
술 한 잔 권하면
잎이
파랗게 변한다는 말
반신반의하며
부어주니
꽃이
술에 취했는지
한낮에
벌겋게 달아오른다
양지에 마주 앉아
건배 해본다
달아오른 얼굴
마주 보고 웃었다.

"

'건배cheers'의 의미는 칭찬과 위로, 행복의 기원과 격려를 해주는데 있다. 그래서인지 모든 모임에서 누구든 '건배'를 제의하는 이들은 대부분 열망에 들떠있고 힘 있게 외친다. '건배'는 혼자서 외치는 게 아니고 공동체에서 "샬롬"이나 "평화를 기원합니다"며 인사를 건네는 것처럼 이웃과 함께 나누는 메시지라고 할 수 있다.

이 시에서 화자는 진달래와 술 한 잔 권커니 잣거니 하며 술에 취한 건지 한낮의 봄기운에 취한 건지 벌겋게 달아오른 얼굴로 마주보며 웃고 있다. 여기서 발그레한 진달래는 봄기운을 전해주며 화자의 가슴을 설레게 해주지만 사실 화자의 마음을 흔든 범인은 봄이라는 그 녀석이다. 그 봄이라는 녀석이 진달래를 바짝 달아오르게 만들어서 붉게 물들인 것이다.

이 작품에서 화자는 봄에게 몸을 맡긴 채 봄과 함께 제대로 놀 줄 아는 시인이다. 진달래에게 술 한 잔 권하다 파란 잎을 보고 "너 왜 그렇게 놀라니?"라는 대화를 나누며 봄의 한가운데서 함께 취하고 있는 것이다. 봄에 취하면 술에 취한 것보다 더 자연에 도취되고 꽃이나 나무를 의인화하여 희롱하게 된다. 여기서 시인은 한층 더 즐겁고 농밀한 대화를 나누고 있음을 알 수 있다. 봄이야말로 문화예술의 에너지를 발산시킬 수 있는 계절의 여왕이라고 할 수 있다.

"

비구에게

향기가 났다
단아한 모습에
가던 길
멈추고 바라보았다
눈동자는 차분했으며
참새 떼
가득한 절 마당
지그시 바라보다
미소가 퍼지는 순간
잠들어 있던
설렘이 깨어나 숨이 멎었다
조각 외모에
여인의 마음으로 본 것일까
경전 두른 몸짓
비구에게
넋을 놓고 왔다

『맑음』 전문

　　맑음은 날씨에서 쾌청快晴과 화창和暢으로도 표현되는 구름이나 안개가 전혀 없는 깨끗한clean 상태를 말한다. 〈맑음〉 시에서 화자는 향내가 나는 비구승의 단아한 모습에 마음이 설레며 넋을 놓고 있다. 여기서 대상을 관찰하는 또 다른 대상을 볼 때 이심전심以心傳心의 마음을 읽을 수가 있다.

　　흔히 깨끗함과 단아함을 좋아하는 사람은 대상을 선

정하고 관찰할 때도 자신이 좋아하는 이미지image에 끌리게 된다. "행동은 마음을 비추는 거울이다"는 말처럼 무언가 확인하고 싶은 것을 굳이 말하지 않아도 상대방의 행동을 통해 그 사람이 나에게 얼마나 호감이 있는지 또는 반대로 내가 그 사람에게 얼마나 호감이 가는지를 확인하는 과정을 거울효과Mirroring effect라고 한다. 이심전심以心傳心을 확인시키기 위해 상대방의 표정이나 행동을 무의식적으로 따라하는 심리가 발생하기도 한다.

화자가 작품에서 표현한 '조각외모'에 반하는 건 여성뿐만 아니라 남성들도 마찬가지이며 그 대상이 누구냐 하는 그렇게 중요하지 않다. 대부분은 자신이 지향하며 닮고 싶은 표준 모습일 경우가 많기 때문이다. 여성은 여성스러움에 아름다움을 느끼고 남성은 남성다움에 매력을 느끼며 반하는 심리는 지극히 당연한 것이다. 〈맑음〉은 시인이 좋아하고 지향하는 청정한 마음이다.

"

정갈하고 청초한 넌
내게 싱그러운 향기로
유혹했고
향기에 취한
난 갈지자로 걸었지

널 품고도 여운이 남아
주위를 돌며
떠나지 못했던 난
훗날 꼭 다시 오마

다짐을 거듭하며
아쉬운 걸음 옮겼다

떠나와서도
너의 향기 찾는다
동그란 비 가득인
너에게 반해
내 심장 너에게 두고 왔다

『장미 공원에서』 전문

"

　몸은 여기 있으나 마음은 딴 곳에 가 있는 경우를 흔히 넋이 나갔다고 표현하기도 하며 시공간을 초월하여 시간 여행을 하는 행위를 유체이탈幽體離脫, out-of-body experience이라고도 한다. 유체이탈은 사람이 육체 밖의 세상을 인지하는 경험인데 자신 스스로를 보는 임사체험을 통하지 않더라도 일상에서 흔히 겪을 수 있는 단순한 것일 수도 있다.

　시인들은 일상의 대부분을 영혼이 육체를 떠나 영의 세계나 아스트랄계astral plane로 여행을 떠나는 투사projection 심리가 있다. 작품 〈장미 공원에서〉의 투사는 심리적 방어기제의 투사가 아니라 장소인 장미공원과 관찰 대상인 장미에게 마음을 빼껴 시간이 지나서도 유체이탈을 통해 여행을 계속 하고 있는 것이다.

　작품 시어에서 알 수 있듯이 '정갈하고 청초한', '싱그러운 향기'처럼 화자는 단아하고 깨끗한 것을 좋아하는 성품이다. 장미공원에서 느낀 그 이미지를 시공간을 초월해서 현재

시점에도 여전히 그 장소의 느낌 그대로 일상에서 간직하고픈 마음을 작품 속에서 나타내고 있다.

3연 마지막 부분에서 '너에게 반해/ 내 심장 너에게 두고 왔다'는 확실한 마음의 방점을 주저 없이 찍은 것이다. 더 이상은 1연에서처럼 향기에 취해 갈지자로 걷지도 않을 것이며 2연에서처럼 아쉬운 걸음 옮기지도 않고 내 마음은 이미 붉은 그곳에 가 있다는 붉은 고백을 하고 있다.

"
거북이 무늬 새긴

세월

한 겹을 두르려

쩍쩍 터지며 견딘

인내

단비 받으려

뿌리 뻗쳐

날 짐승들에게

길 내고

터 내어

거목으로

그늘을 드리우기까지

침묵한 시간은

몸부림 같은 것

『소나무』 전문

"

천 년 전에 불던 그 바람은 천년 뒤인 지금도 여전히

불어오고 오백년 전에 하던 파도의 젖감질은 오백년 뒤인 지금도 여전히 계속되고 있다. 그것이 '거북이 무늬 새긴/ 세월'의 자국으로 이어지고 있는 것이다. 세월 앞에 장사 없듯 모든 만물의 인내엔 침묵과 몸부림의 고통이 따른 뒤에야 비로소 고요함이 찾아오게 된다.

못나면 못난 대로 아름답고 잘나면 잘난 대로 멋이 있는 천년의 바람 속에 태고의 모습으로 어제 그 자리를 오늘 그대로 지키고 있는 소나무는 위대한 자연 앞에서 생존을 위해 몸을 뒤틀고 있는 중이다.

소나무는 잘생기면 제자리를 지키지 못하는 위험과 위협 속에서 살아가야 하는 존재지만, 세월 속에서 살아 남는 요령을 잘 터득한 나무들은 여전히 굳건하게 버티고 살아남아 있다. 세월이 흐르면 잘생긴 나무는 산을 떠나고 못생긴 나무가 산을 지키게 된다. 어쩌면 사람의 인생도 그와 같지 않을까.

언덕 위를 지키고 있는 소나무나 사람이나 상처가 상처를 껴안으면 피가 되고 살이 되어 하나가 될 수 있다. 소나무의 옹골진 옹이는 단단한 힘이랄 수 있고 툭 불거져 나오는 함성일 수 있다.

달달한 쾌락을 즐기는 인간 군상이나 암수 교미를 하는 은행나무의 몸짓 앞에, 침을 질질 흘리고 부질없는 애욕만 불태우고 서있는 소나무는 끝내 오욕칠정의 번뇌를 끊고 짙은 향기를 품어내고 있다. 그리움의 끝엔 향내가 강물처럼 넘쳐난다.

북을 쳐

가죽을 찢고 싶다
분노를 모아
북채 부러지도록
응어리
두들기고 싶다

빛을 잃은 눈
흐물거리는 육신
움켜쥘수록
아프다

내려놓으려
분노가
연민이 될 때까지
두들겨라

『내려놓기』 전문

〈내려놓기〉는 진정으로 내려놓기까지 그 무게감이 천근만근이고 질기기는 왜 또 그렇게 질긴지 고래심줄이나 쇠가죽, 쇠 심 줄보다도 질겨서 잘 다스려지지 않는다. 불가의 선방에서 흔히 말하는 방하착放下着과 착득거着得去 모두 하심下心의 의미를 가지고 있으며 일상의 번잡함이나 집착을 모두 끊어버리라는 화두로 많이 사용하기도 한다.

〈내려놓기〉 시에서 북채를 들고 북을 친다는 것은 단호하고 격렬한 두드림에서 서릿발 같은 정신의 일념一念과

모든 일체의 집착을 끊어버린다는 의미다. 즉 선택과 집중의 사이에서 여러 갈래의 정신을 격렬함으로 산산이 흩어버림과 동시에 오직 하나의 정신을 모은다는 구도의 자세를 화두로 끄집어내었다.

하심下心을 하기까지 는적거리고 끈적이는 집착의 욕망은 이미 심신心身의 뿌리 깊은 곳까지 침투하여 자리 잡았기에 그 모든 것을 뽑아내기에는 골수에서부터 엄청난 고통이 따르지 않을 수 없다. 자신과의 격렬한 투쟁과 마군魔軍과의 싸움에서 이겨내야 청정淸淨한 기운을 느낄 수 있게 된다.

3연의 '분노가/ 연민이' 될 때야말로 내남 없는 이심전심以心傳心의 염화미소가 느껴지며 뿌리부터 씻김굿 같은 카타르시스cathrsis의 전율과 상쾌함이 찾아온다. 시인은 사바세계에서의 너와 나는 누구랄 것도 없이 모두가 격렬한 투쟁을 통해 살아가야 하는 불쌍한 존재라는 것을 노래하고 있다.

자식의 고통
주파수로
천리 밖에서도
전해져 온다

후들거리는 몸으로
빈 둥지 들고
올 수밖에 없었을 너

그 어미에 어미는
억장이 무너져 내린다

품지 못한 생명
어미 몸 타고
뜨거운
국그릇으로 떨어진다

늙은 어미
숨소리 죽여
하늘
바라보며 눈물 삼킨다

『빈 둥지』 전문

　　가족과의 애틋한 사랑에는 내리사랑과 치사랑이 있는데
부모의 자식 사랑인 내리사랑에는 한없는 자애와 함께 엄
청난 고통도 함께 수반하게 된다. 때로는 단장斷腸의 애처
럼 창자가 끊어지는 통증을 느낄 때가 있다. 물론 그것은
자식을 잃은 어버이의 슬픔을 비유한 것이지만 부모의 마
음은 자식의 신변에 아무런 이상이 없더라도 걱정 근심이
끊일 날이 없다.

　　작품 〈빈 둥지〉에서는 빈 둥지 증후군Empty Nest
Syndrome을 그대로 묘사해놓고 있다. 자녀들이 성장하여
부모곁을 떠난 시기에 중장년 주부들이 느끼는 허전한 심
리를 '빈 둥지 증후군'이라고 하는데, 중년의 위기(Middlife

Crisis)라고도 부르는 하나의 사회현상이다. 이런 위기의식은 사회에서 성공하기 위해 자신의 욕구를 억압하며 살아온 것에 대한 회의와 무가치감으로부터 시작되기도 한다.

한 사람으로 태어나 성장하고 결혼해서 가정생활과 사회생활을 해가는 동안 참으로 많은 전투를 치르며 살아가게 된다. 자아自我로부터의 끝없는 요구와 갈등을 억압하고 잠재우며 가족을 위해 살아가야만 하는 존재감은 정작 자신의 존재감을 잃어버린 채 '나'는 없는 삶이 된 경우가 많게 된다.

그럼에도 불구하고 가족의 삶이 행복하지 못하다거나 특히 자녀의 삶에 아픔이 많다면 부모로서의 단장斷腸의 애는 지옥처럼 느껴지며 허무함과 무력감이 찾아올 수도 있다. 때론 안해도 될 걱정을 너무 깊이 하는 건 아닐는지도 생각해 볼 일이다.

"

돌아오지 못 하는 님
시 한 줄 간직하며
살아온 순정

무소유의
합작품에 경배를 올렸다

스님의 나무팻말 호와
대원각의 길상화 공덕비

수도자와 기생은

사후에서도
무주상 보시를 하시는지

『수행자 2』
"

　능선이 깎인 산이거나 허리가 꺾인 강이거나 갈 길이 막힌 인간이나 살아가면서 굽이굽이 질곡 같은 진국이 대부분이지 순탄한 삶은 그리 많지 않은 게 현실이기도 하다. 〈수행자 2〉에서 무소유는 돌아오지 못하는 님이거나 기다리는 대상 또는 현재의 '나'이거나 스님 또는 시인과의 애틋한 정을 기억하고 있는 기생이거나 모두가 결국엔 공수래공수거空手來空手去인 인생임을 말해주고 있다.

　무주상보시無住相布施는 아만심과 자만심 없이 온전한 자비심으로 집착과 바라는 마음 없이 베풀어주는 행위를 말한다. 고려 중기의 보조국사普照國師가 〈금강경〉을 중요시한 뒤부터 무주상보시가 일반화되었는데, 조선 중기의 휴정休靜은 나와 남이 둘이 아닌 한 몸이라고 보는 데서부터 무주상보시가 이루어져야 하고, 이 보시를 위해서는 맨손으로 왔다가 맨손으로 가는 게 인생의 살림살이라는 것을 알아야 한다고 전제하였다.

　대원각 길상사의 유래는 굳이 거론하지 않더라도 법정 스님과 '자야'라고 불렸던 김영한, 백석 시인에 대해서는 널리 알려져 있다. 1995년 요정터 7,000여 평과 40여 채의 건물을 길상사로 탈바꿈 하였는데, 당시 시가로 1,000억 원이 넘는 재산을 헌납하였지만 김영한은 "천억 재산이 그 사람 시 한 줄만도 못해"라며 백석을 그리워하는

마음으로 무주상보시를 실천한 것이다. 1연에서 방경희
시인이 제시한 시 한 줄도 바로 그 시 한 줄의 의미이다.

"

굶주린 눈빛
쪼그라든 내장
문현동 곱창 골목길
밤하늘까지 뿌옇다
불판 위
뒤틀리는
돼지 곱창 얻기 위해
온종일
공사 현장서
내장 빼 던졌다가
다시 채워가는 내장
포만감이 들 때 쯤
눈빛 온순해지며
홀짝 들이키며
참 이슬 한 잔에
위로받는 중

『곱창 집 풍경』 전문

"

〈곱창집 풍경〉을 바라보는 그 '굶주린 눈빛/쪼그라
든 내장'이 너무나 생생한 현실감을 던져주고 있다. 얼마나
배가 고팠으면 '쪼그라든 내장'을 바라보는 그 눈빛과 함께
내장마저 쪼그라들었을까. '불판 위/뒤틀리는/돼지 곱창

얻기 위해/온종일/공사 현장서/내장 빼 던졌다가' 일 마친
뒤 하루 일당을 내던져 굶주린 내장에 포만감을 허겁지겁
채워가고 있는 저녁 시간의 풍경이다.

여기서 우리는 방경희 시인의 시 말놀이의 진수를 볼
수가 있다. 곱창을 얻기 위해 곱창을 내던지고 몸을 팔아
얻은 하루 일당을 다시 몸 보시를 위한 준비로 집어 던져
얻은 곱창으로 허기를 채워가는 장면에서 처절하고 참담
한 생존의 현장과 전투를 생생하게 보고 듣고 느낄 수가
있다. 인간은 먹기 위해 사는가 살기 위해 먹는가 화두를
던지지 않아도 우리네는 시지프스의 언덕과 뫼비우스의
띠 속에서 끝없는 노동의 굴레를 맴돌며 무한 반복해 나
가는 중이다.

네온사인이 야성의 눈빛으로 번뜩이는 거리에서 술은
술 술 술 흘러넘쳐 도시 전체가 취한다. 아스팔트마다 헬
프 미를 외치는 처절한 몸짓과 보도블록에 빨래처럼 축축
늘어진 시체들 저편 유리벽 사이를 두고, 그 안쪽엔 여전
히 지글거리며 떠도는 유증기들에 고소함과 느끼함이 범
벅되어 뒤집힌 곱창과 고기들이 쓸쓸한 밤을 태우고 있
다. 먼 곳에서 희뿌연 수증기가 유빙이 되어 거대한 백야
의 쓰나미처럼 도시로 밀려온다.

"

베이지색 여름 점퍼
의자에 걸친 채
파킨슨병 앓고 있는
장애인과
순댓국집에 마주 앉아

토론하는 남자
내게는
아, 어, 아 로 들렸다

맞은 편
남자는 척척 알아 듣는지
활짝 웃고
빈 소주병 3병 째
식탁 위로 올라와 있다
말 한마디도
비틀며 전하는 장애인
금니를 반짝이며
연신 소리 내어 웃었고

남자는
"많이 무라 알았제"
권하며
얼큰하게 한 잔
그들 소통에
덩달아 웃고 있는 나

『공감』 전문

"

　　공감대共感帶는 다른 사람과의 의견, 감정, 생각, 처지
따위에 대해 유대감을 느끼는 것을 말하며 자신도 그러하
다고 느끼는 것을 공감empathy이라고 한다. 오감五感은 시

각, 청각, 후각, 미각, 촉각의 다섯 가지 감각을 말하는데 인간은 그 오감을 만족해야만 타인들과 공감대共感帶를 형성하는 일들이 많다.

　그래서 인간人間은 이기적인 동물일 수 있다는 것이다. 〈공감〉 시에서 화자는 일반인들처럼 오감 만족을 하지 않아도 파킨슨병을 앓고 있는 장애인과 순댓국집에 마주 앉아 진지하게 토론하며 진한 공감대共感帶를 형성하고 있다. 여기서 남자는 따로 교육 받지 않아도 그 눈빛과 아, 어, 아 하는 소리와 손짓만으로도 장애인과 라포rapport형성이 되고 있다. 라포는 신뢰와 친근감으로 이루어진 인간관계를 말한다.

　'빈 소주병 3병째 / 식탁 위로 올라와 있다', "많이 무라 알았제" 라포를 형성하는 데는 태도, 눈짓, 표정, 손짓 등의 비언어적인 소통이 있고, 목소리와 언어적 소통이 있는데 가장 높은 비중을 차지하는 게 바로 비언어적 소통이다. 남자와 장애인은 눈짓과 아, 어, 아 하는 비언어적 소통만으로도 라포rapport형성이 되어 연신 웃으며 소주를 나누는 사이다. 그들의 소통을 바라보던 시인도 덩달아 웃고 말았다.

"

메아리 울리는
소리에
귀를 기울이니
불기 2564년
노래가 들린다
한 두 소절 따라 부르다

알 듯 모를 듯 한
감동이
얼굴을 타고 흐른다
그리움
소복하게 안고 기다린
사랑꾼의 얘기

가무행위가
이루어졌던
요정은
금강경으로 흐르며
덩그러니 놓인
해소 끓는 나무 의자와
앞마당은
이름을 알 수 없는
꽃향기가 객을 맞는다
두꺼운 돋보기와 가사적삼
찻잔
소박한 살림의
흔적이 무소유라고...

-『길상사』 전문

"

'수도자의 법구가 흔적조차 없이 / 무소유를 강조하는 / 푯말 하나 우두커니 서 있는' 길상사에서 그 무소유는 우리에게 너무 많은 걸 요구하고 있으면서도 단순하게 길을 제시해주고 있다.

길상사 하면 '시대의 풍파 속에도 순수함을 잃지 않고 피워낸 꽃 한 송이'라는 말이 떠오른다. '대원각'이라는 이름의 고급 요정이었으나 요정 주인 고 김영한(법명 길상화)이 법정 스님에게 자신이 소유한 요정 부지를 시주하여 사찰로 탈바꿈하게 되었다고 한다.

김영한은 일제강점기의 시인 백석의 시 《나와 나타샤와 흰 당나귀》에 등장하는 나타샤로 알려져 있으며, 백석은 연인이었던 그녀에게 자야子夜라는 애칭을 붙여주었다고 한다.

'자야'와 대원각 그리고 사찰은 어쩐지 어울리지 않는 것 같지만 어쨌거나 그 '대원각' 요정이 사찰로 바뀌어 많은 이들이 해탈과 열반, 중생제도를 위해 구도자의 삶을 살아가는 곳이기도 하다. 그 무소유가 바로 그 무소유일 수 있는 곳, 그곳이 바로 길상사인 것이다.

"

키 재기를 하며
침 송송 세워
참새 떼의 입놀림을 피한다
바람은
허언을 지줄 거리며
여물기를 돕겠다고
꼬드기며
달콤한 약속에
영혼까지 털려 버린 청 보리
모든 것을 바람에 맡겨 버린다

오수를 즐기던
잎 새 달
허수아비 목에 걸린
빈 깡통
소리에 눈을 뜬다
울리는
풍악소리에
푸른 들판이 일렁거리며
풍요로운 내일을 기약한다.

『청 보리밭』 전문

"

〈청 보리밭〉에서 청보리가 피는 시기는 해마다 5월 전후로 봄철 춘궁기에 해당한다. 과거엔 보릿고개라는 극심한 가난의 고통이 사람들은 괴롭히기도 했다. 그땐 봄철에 장리쌀이나 보리를 빌려먹고 가을 수확기에 곱이자까지 쳐서 수탈당한 기억을 가진 사람들도 있다.

방경희 시인은 작품에서는 풍요로움과 넉넉한 마음이 드는 가운데도 '허수아비 목에 걸린/ 빈 깡통/ 소리에 눈을' 뜨며 자라 보고 놀란 가슴 솥뚜껑 보고 놀라는 심정과 푸른 들판이 일렁거리는 흐뭇함이 함께 교차하는 묘한 장면을 펼쳐놓고 있다.

8행~11행에서 '달콤한 약속에/ 영혼까지 털려버린 청보리/ 모든 것을 바람에 맡겨 버린다'처럼 지나간 것은 시간의 바람에 띄워 보내고 '참새 떼의 입놀림'조차도 외면하며 '에라 모르겠다'는 심정으로 앞만 보고 달려가면

공연한 입방정으로 발목잡고 태클 걸며 마음을 흔들어대도 그렇게 흔들리지 않을 굳건한 의지를 드러낸다.

추억의 도토리 키 재기가 아닌 현실에서의 키 재기와 입방정은 '배고파도 못 참고 배 아파도 못 참는' 한국인의 정서에서 결코 무시할 수 없는 공격 강도와 파괴력을 지니고 있지만, 때론 정면 돌파도 하고 에둘러 돌아가는 지혜도 발휘하면서 방어망防禦網을 구축하는 생존술을 펼쳐야한다.

왜 유독 '청 보리'에 얽힌 시 작품들은 슬픈 이야기들이 많을까. 슬쩍 피하거나 에둘러 갈 때도 있어야 한다. 기억은 고통스러울 때가 있지만 추억은 아름답기 때문이다. 시인은 마무리에서 풍요로운 내일을 기약하는 대 긍정의 시그널signal을 보내고 있다.

비릿한 별에서 온
생명체
등 푸른 옷에
빨간 눈
쩍 벌린 입은
사후세계를 전시 중

갈고리에 걸려
굳어버린 혈관
해풍의 바지랑대에
가죽 말라
선택 받은

손가락 따라
끓는 기름 속으로
가는 길
"풍덩"
잔잔히 부서져 바다로 가고 있다

『어시장의 전시회』 전문

"

〈어시장의 전시회〉는 풍요로움과 동시에 모양새가 가관인 듯한 느낌도 동시에 드는 작품이다. 해풍에 널려 말라가는 그 짧은 생애의 어종들 종류가 참으로 다양하다. 전갱이, 납새미, 매가리, 도다리, 임연수어 등 여러 어종들이 펼쳐져 '빨간 눈/ 쩍 벌린 입'으로 '사후 세계를 전시 중'에 있다.

전시회를 벌이고 있는 대부분의 어종들은 국거리나 졸임 또는 구이용으로 처리가 되지만 2연에서처럼 간혹 '선택'을 받으며 '끓는 기름 속으로' 들어가 "풍덩" 바다로 향하기도 한다. 어쩌면 그로데스크한 표정으로 널려있는 생선들의 모습은 종종걸음을 치며 일상을 보내는 우리네 인간 군상의 다양한 모습일 수도 있다.

작품에서 끓는 물이나 끓는 기름 속이나 화탕지옥이긴 매한가지겠지만, 화자가 굳이 바다로 가고 있다고 표현한 것은 그들에게 윤회의 순환을 통해 다시 바다로 되돌아 갈 것을 은근히 기대하고 있기 때문이다. 2연 '해풍의 바지랑대에' 걸려 말라가는 어종들의 선택지는 더 이상 없다. 하지만 그들을 선택하는 인간들의 손과 입을 통해 그들은 다시 넓은 대해大海로 나가게 돼 있다. 그것이 순환과 윤회의 질서이다.

보살이 열반에 이르기까지 실천해야 할 여섯 가지 덕목인 보시, 인욕, 지계, 정진, 선정, 지혜에서 어시장에 펼쳐진 생명을 다한 어종들의 마지막 선택지는 결국 인간을 향한 보시에 해당된다. 그들은 생명을 다해 인간들에게 육보시를 해 주지만 결국 인간들보다 더 빠르게 육도바라밀을 실천한 뒤 새로운 윤회를 걸쳐 탄생하게 되는 선구자들인 것이다.

어쩌면 지옥의 전투현장에서 생존하기 위해 치열한 삶을 살아가는 인간 군상들이야말로 각종 의료기술과 의약품의 발달로 생명 연장을 해 나가지만, 지독한 시지프스의 저주와 뫼비우스의 띠 속에서 벗어나지 못하는 한심한 존재들인지도 모른다.

방경희 시인은 〈어시장의 전시회〉를 통해 가슴까지 시원한 느낌을 주는 바다를 그리워하고 있는 것이다. 화탕지옥 같은 뜨거운 국물을 들이키고 시원한 바다의 심해 속으로 "풍덩" 빠져 해탈의 초월명상에 들어가 보고 싶은 간절함이 작품 속에 나타나 있다. 마음이 동動하면 이미 그곳에 가 있음이다.

■나가며

인간의 삶에서 바닥이란 과연 존재하는 것이며 그 바닥이란 도대체 어디를 말하는 것일까. 그 바닥은 딱 거기까지가 끝이던가 아니면 더 지하로 내려가는 것일까. 내남없이 인생에서 높은 곳도 그 끝이 어딘지 모르지만 바닥도 거기가 어딘지 모르면서 살아가는 존재들이 많다.

여기서 문학을 하는 시인이란 존재는 삶의 높은 곳과 낮은 바닥을 억지로 구분하지 않지만, 수시로 유체이탈(幽體離脫, out-of-body experience)을 통해 실시간으로 경험하면서 살아가는 존재이기도 하다.

시인은 늘 허기와 결핍을 느끼며 살아가는 존재지만 방경희 시인은 그 결핍을 언제든 넉넉한 낙관주의로 에너지를 바꾸면서 결코 허기감을 드러내지 않고 작품 활동을 하려는 모습이 역력히 보인다.

끝없는 질문의 연속인 "나는 누구인가"와 '존재의 이유'는 그 어떤 철학자나 문학인도 명징하게 대답할 수 있는 이들은 그렇게 많지 않을 것이다. 우리가 어디서부터 어디를 거쳐 왔는지 앞으로 어디로 갈 건지도 명확하지 않으며, 삶에서는 표준 매뉴얼도 딱히 정해진 것도 아니다.

세상을 지배하는 우주와 자연의 질서 속에서 인간 세상이 만든 법치주의와 각종 크고 작은 조직의 룰 속에서, 우리는 그저 일탈하지 않는 존재임을 각인시키며 평범함을 애써 가장하며 페르소나(persona, 가면)를 뒤집어쓰고 살아갈 뿐이다.

그래도 절망하거나 포기하지 않고 인간들이 살아갈 수 있는 건 주변에서 삶의 추동적인 에너지가 발산되며 생성되고 있기 때문이다. 방경희 시인의 주옥같은 시편 하나하나엔 그 삶의 추동적인 에너지가 강렬하게 창발되고 있다.

어떤 이들은 뭉크의 절규하는 그림처럼 짙은 어둠과 회색빛 그림자가 잔뜩 묻어나는 작품을 쓰기도 하지만, 방경희 시인의 작품에서는 푸른 숲과 나무들이 비온 뒤 갠 날씨처럼 명징함과 맑은 기운이 살아있음을 알 수 있다.

그림이나 음악을 보거나 들으면 그 작가의 세계관이나 심상을 알 수 있듯이 문학 작품도 마찬가지로 작가가 소유한 에너지의 감지와 측정이 가능해진다. 독자가 맛 있는 안주를 기다리며 잘 익은 맥주나 막걸리를 한잔 마시고 있다면, 방경희 시인은 기대를 저버리지 않고 밭에서 추, 상추와 깻잎으로 상차림을 하며 앞마당에서 기름 냄새와 함께 파전을 구워내는 그런 느낌이 든다.

많은 시인의 에너지가 '나타샤와 당나귀'의 백석 시인 처럼 잔뜩 흐린 날 눈이 내린 속에서 그녀를 생각하며 당나귀의 홍앵거리는 소리를 듣고 있노라면, 방경희 시 인은 언제나 신속하게 장면 전환을 해버리고 비온 뒤나 눈 온 뒤의 맑은 날씨를 지향하고 있다

연꽃의 노래

방경희 시집

초 판 인 쇄 | 2022년 7월 10일
발 행 일 자 | 2022년 7월 15일
지 은 이 | 방경희
펴 낸 이 | 김연주
펴 낸 곳 | 도서출판 성연
등 록 | (등록 제2021-000008호)경남 창원
홈 페 이 지 | https://cafe.daum.net/seongyeon2021
인 쇄 | 주) 상지사(파주공단: 재두루미길160)
디 자 인 | 배 선 영
편 집 인 | 배 성 근
메 일 | baekim2003@daum.net
전 자 팩 스 | 0504-208-0573
연 락 처 | 010-3325-5758
정 가 | 12,000원
    ISBN   979-11-973709-9-1 (13800)

본 시집은 **한국예술인복지재단 창작준비지원금** 일부를
지원받아 발간되었습니다.

이 도서의 출판예정도서목록(CIP:979-11-973709-9-1)은 국립중앙도서관
서지정보유통지원시스템 홈페이지(http://seoji.nl.go.kr/)와 자료목록시스템
(http://www.nl.go.kr/kolisnet)에서 이용할 수 있습니다.